Joyeux Noël, ours affamé!

DON et AUDREY WOOD

illustrations de DON WOOD

texte français de Marie-Andrée Clermont

Les éditions Scholastic

Catalogage avant publication de la Bibliothèque nationale du Canada

Wood, Don, 1945-
  Joyeux Noël, ours affamé! / Don Wood, Audrey Wood ;
  illustrations de Don Wood ; texte français de Marie-Andrée Clermont.

Traduction de : Merry Christmas, big hungry bear!
Pour les enfants à partir de 2 ans.
ISBN 0-439-97532-8 (rel.).–ISBN 0-7791-1639-9 (br.)

I. Clermont, Marie-Andrée II. Wood, Audrey III. Titre.

PZ23.W654Jo 2002   j813'.54   C2002-903196-6

Édition publiée par Les éditions Scholastic, 175 Hillmount Road,
Markham (Ontario) L6C 1Z7

5 4 3 2 1   Imprimé au Canada   02 03 04 05

Pour
Alejandra Demers

Bonjour, petite souris.
Je vois que tu es prête
pour Noël.

Oh là là!
Il y en a, des cadeaux,
sous ton arbre!
Ils sont tous
pour toi?

Mais, petite souris,
as-tu pensé au gros ours affamé
qui vit dans sa caverne
froide et noire
au sommet de la colline?

Le gros ours affamé
aime tellement
les cadeaux de Noël!

Qu'ils soient rouges ou verts,
petits ou gros...

...il ferait N'IMPORTE QUOI
pour recevoir des cadeaux.

Mais il n'en reçoit jamais.
Pas même du père Noël.

OUIN! OUIINN! OUIIINNN!
Chaque Noël, il reste tout seul
dans sa caverne froide et noire,
et les larmes coulent,
FLIC, FLAC, FLOC,
de ses grands yeux.

Petite souris,
qu'est-ce que tu fais?

Ah, je vois!
Comme tu es courageuse,
petite souris!

Personne d'autre dans le monde entier
n'oserait s'approcher de la caverne
froide et noire du gros ours affamé...

...surtout pas la veille de Noël.

Chut! pas de bruit, petite souris.
Quelqu'un de gros
est endormi.

Vite, petite souris.
Quelqu'un de gros
se réveille...

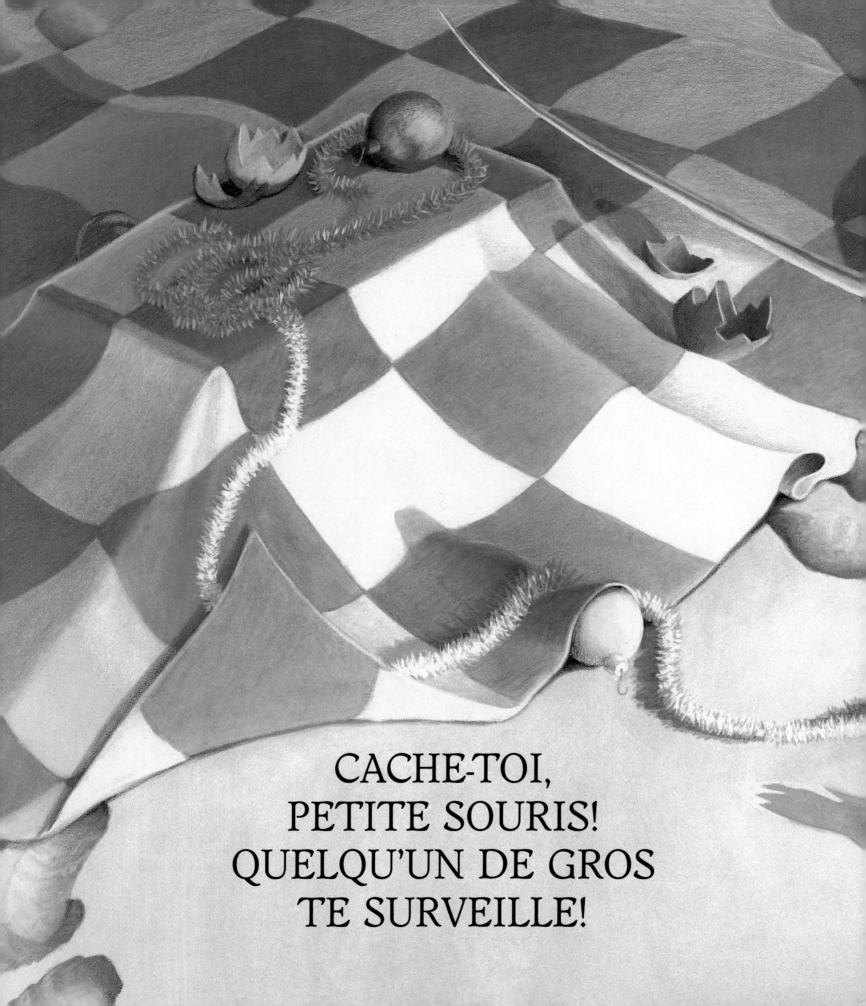

CACHE-TOI,
PETITE SOURIS!
QUELQU'UN DE GROS
TE SURVEILLE!

Sors de ta cachette, petite souris.
Je vois quelque chose de gros...

...et c'est pour toi!
JOYEUX NOËL,
PETITE SOURIS...

...DE LA PART DU GROS OURS AFFAMÉ!

FIN